La France à Champigny

ÉPISODE DRAMATIQUE, EN VERS

ANTONIUS ADAM

LA FRANCE

À CHAMPIGNY

ÉPISODE DRAMATIQUE, EN VERS

PARIS

TYPOGRAPHIE ET LITHOGRAPHIE Vᵉˢ RENOU, MAULDE ET COCK

RUE DE RIVOLI, 144

—

1879

A Monsieur Auguste COCK.

———wwww———

Monsieur,

Je me fais un devoir de vous dédier ce poëme, inspiré par la bataille de Champigny. Cet épisode dramatique vous rappellera-t-il les heures d'angoisse que nous avons passées aux remparts en attendant l'issue du grand drame où la France faillit disparaître? Évoquera-t-il en votre esprit le souvenir de cette journée mémorable où nos armes — hélas! si souvent déçues! — repoussèrent victorieusement les ennemis de notre chère Patrie? — A vous, Monsieur, de dire si j'ai atteint le but que je me proposais.

Et tout en vous remerciant d'en avoir bien voulu accepter la dédicace, permettez-moi, Monsieur, de vous offrir ici l'expression de mes sentiments dévoués.

Antonius ADAM.

LA FRANCE A CHAMPIGNY

PERSONNAGES

DE SENNEVAL, ancien général;
MARCEL DE SENNEVAL, lieutenant d'étit-major, fils du général;
MARTIAL FRANKLIN, mobile de la Seine, ami de Marcel;
GABRIELLE DE SENNEVAL, fille du général, sœur de Marcel;
HÉLÈNE FRANKLIN, sœur de Martial, amie de Gabrielle;
LA FRANCE, vêtue en grand deuil.

La scène se passe à Champigny, pendant le siége de Paris,
le 2 décembre 1870.

Un Salon tout bouleversé. — Le fond vitré, avec une grande porte donnant sur les champs. — Fenêtre de chaque côté de la porte. — A gauche, une cheminée, devant laquelle est jeté un lit de camp. — Panoplies d'armes accrochées au mur. — Des fusils et des épées épars dans les coins. — C'est le matin, à l'aube. — On distingue les feux des bivouacs qui s'éteignent. — On perçoit un bruit confus de troupes en marche prenant position.

I

LE GÉNÉRAL

— (il est couché sur son lit de camp; rejetant sa couverture, il écoute, puis s'assied. —
Avant de se lever :) —

Est-ce un rêve?. . Hélas, non!... O France! ô ma patrie!
Si ton honneur est sauf, le Germain t'a meurtrie!
La Victoire, jadis, à Wagram, Austerlitz,
Promenait, glorieux! nos drapeaux ennoblis;
Mais, cruel désespoir, éternelle souffrance :
Les Allemands vainqueurs et vainqueurs de la France!

— atterré, s'essuyant les yeux, allant vers la fenêtre, qu'il ouvre :) —

Mais ils sont là nos fils : comme les vieux soldats,
Déjà leur sang tressaille à l'aspect des combats;
Leurs bataillons serrés — invincible muraille! —
Attendent bravement la terrible mitraille;
Déjà le clairon sonne, et l'on éteint les feux;
Oui, l'alerte est au camp. En croirai-je mes yeux?
Les régiments, massés en haut de ces collines,
Masquent des artilleurs, l'airain des couleuvrines;
Champigny disparaît : partout des combattants?
Amour de la patrie, enflamme tes enfants!

— (une légère pause) —

Et là, dans cette armée, en cette heure suprême,
Tu combattras, Marcel! O joie, ô joie extrême!
O mon orgueil, renais, car son généreux sang
Soutiendra notre honneur et l'honneur de son rang!

II

MARCEL

— (sur le pas de la porte) —

Oui, je le soutiendrai!

LE GÉNÉRAL

— (ravi, lui prenant la main) —

J'aime ta voix si fière,
Et tes mâles vertus, et ton ardeur guerrière;
Va, mourir pour la France est un auguste sort,
Et si, vaincu, tu meurs, meurs d'une belle mort!

MARCEL

Mourir? Mais nous vaincrons! Regardez cette armée
Admirable d'élan, de vaillance animée!
Voyez ces bataillons : ils couvrent Champigny,
Bry-sur-Marne, Épinay, Drancy, Groslay, Rosny;
Avron est prêt à tout. Nos forts sont en furie;
Frébault soutient le feu de notre artillerie!
Nos soldats, enhardis par leurs premiers succès,
Contraindront la victoire à rester aux Français,
Et de nos ennemis, confondant la jactance,
Nous forcerons leurs camps : telle est notre espérance!
L'espérance, ô patrie! elle inonde nos cœurs;
Mon père, je le sens, oui, nous serons vainqueurs!

LE GÉNÉRAL

Dieu le veuille, Marcel!

MARCEL

Mais Champigny, naguère
Si calme, Champigny deviendra le cratère
D'où partira l'obus, rapide, incandescent?
Où naîtra le combat inflexible, incessant?
Verrez-vous, sans trembler, Hélène et Gabrielle,
Au milieu des horreurs d'une guerre cruelle?

LE GÉNÉRAL

Il n'est plus temps, Marcel, mon bras les défendra;
Je jure, moi vivant, qu'on ne les atteindra!

MARCEL

Au nom du ciel, partez : il en est temps encore;
Cette retraite, enfin, n'a rien qui déshonore !

— (On entend un coup de canon. — Gabrielle et Hélène entrent vivement) —

III

GABRIELLE

Encore le canon ?

HÉLÈNE

C'est le canon maudit;
Il gronde nuit et jour : sans cesse il retentit!

MARCEL, au général

Le signal!

LE GÉNÉRAL, à Marcel

Va!

GABRIELLE

Marcel!

HÉLÈNE

O ciel, encor vous battre?

MARCEL

D'un combat solennel, vous voyez le théâtre.

GABRIELLE et HÉLÈNE

Champigny?

MARCEL

Champigny verra tous les efforts
D'une armée aguerrie et pleine de transports!

GABRIELLE

Le meurtre sous nos yeux?

HÉLÈNE

Le bras servant la haine?

MARCEL

Oui, la lutte acharnée, implacable, inhumaine!

— (se rapprochant d'Hélène) —

Mais pour la France, Hélène, un jour d'espoir a lui:
Le succès est certain, nous vaincrons aujourd'hui!
Si le péril est grand, mon amour est extrême;
Plus je sens votre perte, et bien plus je vous aime;
Mais quelque grand que soit l'amour que j'ai pour vous,
Je me dois au pays : nous nous y devons tous!
La patrie, en danger, demande aussi ma vie,
Il faut vaincre ou mourir, ou la voir asservie :
Je vais combattre, adieu!

HÉLÈNE, émue

Vous allez au trépas!

LE GÉNÉRAL

Que la victoire, ami, seconde vos combats!

GABRIELLE, fortement

Marcel de Senneval, sois sans tache en l'histoire!

HÉLÈNE, influencée

Vous reviendrez vainqueur!

MARCEL, radieux

Je m'en vais à la gloire!

— (On entend plusieurs coups de canon. — Le général accompagne Marcel. — Gabrielle et Hélène s'approchent de la fenêtre pour les voir passer). —

I V

HÉLÈNE

La guerre, quel fléau!

GABRIELLE

C'est l'instant du péril,
Il faut, sans plus tarder, prendre un parti viril,
Sacrifier l'amour qui s'agite en votre âme,
Éteindre les doux feux d'une si douce flamme;
La guerre a ses fureurs, et sans rien présager,
Affermissons nos cœurs contre un si grand danger;
A nous, il s'offrira sûrement,... et sur l'heure,...
Les mobiles, voyez, entourent la demeure!

— (à ce moment, on voit défiler les mobiles à travers la porte). —

V

MARTIAL, apparaissant

Hélène? Gabrielle?

HÉLÈNE

O ciel! c'est Martial!

MARTIAL, leur prenant la main

Mon amie?.. et ma sœur?... Grand Dieu, le général?...

GABRIELLE

Accompagne Marcel.

MARTIAL

Marcel? dont la monture
Sous sa main frémissante accélérait l'allure?

HÉLÈNE

C'était lui!

GABRIELLE

C'est Marcel!

MARTIAL, ôtant son képi

Je te salue, ô Dieu!
Toi qui nous réunis tous ensemble en ce lieu!

— (une forte canonnade se fait entendre. — Martial va à la fenêtre, prête l'oreille et regarde :) —

Mais les bronzes d'Avron dans les airs retentissent?
Là-bas, les krups maudits dans le lointain mugissent?
L'action s'engage ici, par là, de tous côtés;
Les ennemis heurtant, à leur tour sont heurtés;
C'est la grande bataille!

— (on entend le clairon) —

, Au revoir, Gabrielle!
Hélène, adieu! Je cours où le devoir m'appelle!

— (au seuil de la porte, il se croise avec le général) —

VI

LE GÉNÉRAL, lui serrant la main

Tiens ferme, Martial!

— (on entend la canonnade et les crépitements de la fusillade) —

O rage! mon sang bout;
Oui, je perdrai la vie, ou j'irai jusqu'au bout!

— (s'approchant d'Hélène et de Gabrielle) —

Hélène, ayez du cœur : imitez-nous, Hélène;
La guerre a des excès qu'à sa suite elle traîne,
Et peut-être, céans, les Prussiens viendront :
Mais, l'épée en ma main, j'en laverai l'affront!

— (il va à la fenêtre et regarde au dehors) —

Enfer! par quel détour, quelle manœuvre habile,
Soudain les Allemands ont-ils cerné la ville?

— (s'armant d'une épée) —

Soyez fortes, enfants, au moment du danger :
L'Étranger nous étreint, affrontons l'Étranger!

— (il retourne à la fenêtre, s'animant) —

Compactes! arrogants! leurs régiments s'avancent,
Frappent avec fureur, sur nos soldats s'élancent;
Vaillamment les Français se rejettent sur eux :
Le choc est violent! terrible! impétueux!
Sur les monts, à l'assaut, montent les baïonnettes,
Un combat meurtrier s'engage sur les crêtes;
Notre feu, soutenu, s'accentue en croissant,
Des deux côtés l'effort va toujours grandissant;
Grand Dieu, voici Marcel brandissant son épée!
Dans le sang allemand il l'a déjà trempée!
Son bras donne la mort sans trêve ni merci :
Courage, ô mon lion, oh! que je t'aime ainsi!
Frappe encore, toujours, vois, l'ennemi t'enserre,
Bien cela : dans le flanc on tue un adversaire!
O valeureux enfant, enorgueillis mon cœur,
Tu te bats en héros!.. O surprise! ô terreur!..
Je ne vois plus!.. Blessé!.. Mon fils, mon fils chancelle!
Il tombe!..

— (Marcel, frappé mortellement, vient rouler devant la porte. — Le général se précipite
vers lui) —

Il est mort!.. Mort!..

VII

MARTIAL

— (apparaissant tout à coup, son fusil à la main, noir de poudre, défait, sa tenue en
désordre, au général ;) —

Mort glorieuse et belle!
Mais je veux la venger,... la venger de ma main!

— (Il écarte le général, court à la fenêtre, regarde attentivement, met en joue et fait feu) —

Un Germain l'a tué : — j'ai tué le Germain !

— (A ce moment, deux brancardiers enlèvent le corps de Marcel et l'apportent sur le lit de camp du général. — Hélène et Gabrielle, éplorées, courent se ranger à ses côtés.) —

— (Martial, ému, admirant le corps de Marcel :)—

Noble France ! il t'aimait avec idolâtrie !

LE GÉNÉRAL

— (avec douleur, mais fièrement) —.

Il est mort... prononçant le doux nom de Patrie !

— (Abîmé dans sa douleur, le général, après avoir contemplé un instant Marcel, se redresse exaspéré, comme poussé par une idée subite; il va prendre deux épées, en donne une à chacune des deux jeunes filles, et reprend la sienne. — A Hélène et Gabrielle :) —

Si l'odieux vainqueur méconnaît vos vertus,
Gardez l'honneur : mourez! mieux vaut n'exister plus!

— (Le canon tonne avec violence. — On entend un grand bruit d'armes au dehors. — Hélène et Gabrielle, tenant chacune leur épée, sont au chevet du lit de camp où gît Marcel. — Martial épie le mouvement de la bataille, tantôt par la porte, tantôt par la fenêtre. — Le général, anxieux, à Marcel :) —

Viens combattre, et ranime, excite mon courage,
Tu soutiendras mes pas sur le champ du carnage;
La Patrie et mon Fils commandent cet effort,
Joignons-nous à l'armée : allons braver la mort!

— (Le général va à Marcel, l'embrasse, serre Hélène et Gabrielle dans ses bras, et se dirige vers la porte avec Martial. — A ce moment, les Allemands se montrent. — Le général bondit sur eux et tombe frappé sous leurs coups. — Martial, exaspéré, fait feu à bout portant, mais il tombe aussitôt. — Hélène et Gabrielle, affolées, s'apprêtent à se défendre, lorsqu'immédiatement les Allemands, repoussés par les Français, cèdent la place.) —

GABRIELLE, terrifiée

Mon père? Marcel?... Morts!. . Et je vis?... Misérable,
Craindrais-je le trépas?...

— (dirigeant son épée contre sa poitrine) —

Viens, ô fer secourable!

HÉLÈNE

— (arrachant l'épée des mains de Gabrielle qu'elle jette loin d'elle, ainsi que la sienne) —

Ciel! un crime?... arrêtez!... Voyez, voyez mes pleurs,
Et gémissons ensemble, unissons nos douleurs!
Désormais votre vie adoucira ma vie :
De regrets et de deuil sera-t-elle suivie!
Notre existence, à nous, n'appartient qu'à Dieu seul,
Attendons, en priant, le blanc et froid linceul;
Relevons, ô ma sœur! nos âmes affaissées,
Reportons sur nos morts nos viriles pensées :

— (montrant le général, Marcel et Martial)

Sur vous, vaillants guerriers! soldats d'un grand pays,
Tombés au champ d'honneur, et par le sort trahis!

— (A ce moment, les Français, vainqueurs, maîtres du champ de bataille, poussent des hurrahs
— Un grand mouvement d'armes s'opère, pendant lequel on entend les canons s'éloigner. —
Hélène, le visage contracté en même temps par le délire et la joie, montre, à Gabrielle, les
ennemis qui fuient :) —

Les Français, glorieux! s'attachant à leur proie,
Écrasant l'ennemi : [1] — « Morts, tressaillez de joie! » —

---

[1] A la bataille de Champigny, le 2 décembre 1870, les Allemands ont eu
12,000 hommes hors de combat.—Les Français perdirent 1,008 hommes et eurent
5,000 blessés.

GABRIELLE

Jeux sanglants des combats, véritables fléaux,
Que devient la Victoire opposée à vos Maux?
O Dieu! Dieu tout-puissant! seule, unique espérance,
Qui nous protégera?

LA FRANCE

— (vêtue en grand deuil, s'avançant lentement auprès des jeunes filles) : —

Ce sera moi : — LA FRANCE!

— (Hélène et Gabrielle, surprises, s'écartent vivement; mais, à la vue de la France étendant
le bras armé du glaive, elles vont aussitôt se placer sous sa protection.) —

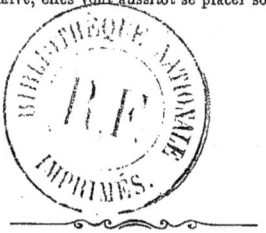

PARIS, LE 24 JUIN 1879.

ImpV^es RENOU, MAULDE & COCK, R. Rivoli, 144, à PARIS.

TYPOGRAPHIE ET LITHOGRAPHIE Ves RENOU, MAULDE ET COCK

RUE DE RIVOLI, 144